中国六十年

松崎鉄之介句集

目　次

Ⅰ　鉄帽の草　昭和十五年〜二十二年　5
Ⅱ　信篤き国　昭和五十五年〜平成十二年　17
後記

中国六十年

Ⅰ

鉄帽の草　昭和十五年～二十二年

昭和十五年十二月三十一日塘沽《タンクー》へ上陸
（河南省―新郷―河北省―保定―北京）

芥子の昼甍にたぎる釉

咲き盛る芥子に城壁低く見ゆ

桃の村まれに女に会ひにけり

鴉あくまで黒し河北に冬来たり

偽装せる鉄帽の草皆枯れたり

冬晴の階をのぼれば朱欄映ゆ

帝王の階黄に塗られ柳の芽

ラマ塔に風塵凍る二月来ぬ

柿食ふや日は城壁の裏に落つ

昭和十七年六月三十日負傷――河南省滑県

傷ついて倒る夏天の青く灼く

看護婦が七夕の燈をかかげ来ぬ

工兵少尉破裂弾持ち夏を病む

涼求む白衣つどへりいつしか語らふ

黄河南岸覇王城陣地にて対陣　至近距離六十メートルであった。

野へ陣地大きくふくれ星月夜

秋日に白く一条の橋黄河截る

雀らと同じ地隙に冬ごもる

壕を出て枯野の夕日一身に

移動部隊の兵馬と別る枯原に
ほき〳〵と食ふ故郷の胡瓜ならずや
塩ふきし顔向日葵と真向ひぬ
ほととぎす鋭き夜々を銃声す
吾を狙ひし弾丸が発止と凍土に

大同雲崗鎮にて

おとがひに月光あびて窟の佛

白樺の柵の青野に馬放つ

昭和二十年九月二十五日黒河よりアムールを渡りブラコベシチェンスクへ——イルクーツク—ウソリユ—マルタ

購ひしリンゴすつぱし秋の風

一椀の粥ぞ貴し凍て初めぬ

凍傷の手をこすりゐる泣くがごとく
飢えと凍てとにそのまま疲れ静かに死す
凍て土を三尺掘ってかばね埋む
一人づつ死し二体づつ橇にて運ぶ
たんぽぽ咲く野にたんぽぽの花の汁

水汲みに街の外れの湖つめたし

草枯るる遺髪黒々と色褪せざれ

イルクーツクの暑き真昼を銃声す

ドロの木の美しき切目を雪に積む

炉にくべる薪切り終へて夕餉待つ

一夜雪枯野を遠きものとせり

身にまつはる細雨北地に馬鈴薯掘る

ノルマ終へず共に焚火にうづくまる

墓地迄の橇見ゆる道見ぬとしても

かばねに掛ける乾草のみが凍てずあり

日本海虜囚に遠く寒く流れ
遠野火に帰還占ひ信じをり
帰路や四月をハバロフスクの雪に降られ

Ⅱ 信篤き国

昭和五十五年〜平成十二年

信篤き国（昭和五十五年）　第一回俳人協会訪中団

（北京―上海―蘇州―無錫―太湖―上海）

信篤き国に来たりぬ花楷樹

朝門出の北京灼けそむ棗粥

後宮の涼に芍薬咲かせけり

花アカシア若き日越えし長城に

泰山木匂ひ蘇州に遅き月

水青き蘇州ジャスミン育てけり

ジャスミンの匂へる亭に涼みけり

呉の国の古塔傾げりほととぎす

地に坐して涼しく売れり太湖の魚

新じやがを水路に運び来て売れり

箝《やす》売りに隣りて鰻さかれけり

かたつむり太湖周辺暑にかすむ

呉《ご》の岸に摘んで粽の芦青し

越《えつ》かすみゐて呉《ご》の国の合歓白し

家鴨涼しく泳がせ漁民船住ひ

麦秋の丘のふくらみ雲呼ばふ

江南にトーチカ残り麦の秋

行々子江渡り友帰らざりし

麦の秋蘇淮に散りし友幾人

麦秋の舟の帆も過ぐ江蘇かな

魯迅の墓泰山木の巨花が侍す

錫たえて久し無錫の土灼くる

林林先生

戦士たりし痩身に振る夏手袋

師の影と文遅先生影涼しき

再見《サイチエン》を昼顔の辺に李氏張氏

黄河へ五里（昭和五十六年）　戦友会による「黄河を見る会」随行（上海—開封—鄭州—新郷—少林寺—鄭州—上海）

纏足の婆ゐて禅寺春の宵

夕焼けて玉《ぎよく》の寝釈迦のうら若し

塀囲ひ多き徐州に桐咲けり

開封

鉄塔の十層にある雀の巣

簾織る槐樹下婆の一日終ふ

夏の暮出でて便衣にかこまれぬ

河南かはほり再び来ると誰が思ひし

高く高く南風に築けり煉瓦窯

鉄路一線禹台にこもる南風の音

黄河へ五里つばな白穂のなびきけり

濁流の渦巻く黄河南風鳴る

青麦や驢馬の汲む井の柄の照らふ

石灰焼く灰をかぶりて地や旱魃

廃れゐて豚も昼寝の少林寺

杜甫よ李白よ吾も中原の暑を詠めり

生えそめし棉に灌水みな裸身

賓館に海芋咲かせて待てりけり

道に火を焚いて烙《ラオ》売る炎暑来ぬ

水汲む手休めかがめり青山椒

生れて十日仔馬跳ねをり尻軽し

戦跡に立つや楝の花一面

中原に星の涼しく定まれり

黄河渡る重き汽罐車夏の蝶

且て陣地に通ひし道の夏薊

穴居の口黒く涼しく崖下かな

炎暑来て黄河の雷魚食らひけり

黄河の水満々と引く荒鋤田

日盛りの道洛陽へ通じけり

水路干て今白蝶の遊び場に

長鬚の老いの山羊追ふ棉畠

老人の吊る雲雀籠槐樹下

上海

さくらんぼ売る夕景の町の辻

朝涼の四馬路《スマロ》の雨に濡れにけり

長江の南風に下れる白き船

黒穂抜く後ろめたさの深眼差

西安の秋（昭和五十六年）　第二回訪中団

（北京―西安―北京）

初紅葉北京に知友殖えにけり

干からびてちびし蓮根道に売る

黄落や故宮おほへる瑠璃瓦

石炭を運びよごしけり胡同をよごしけり

朝を出て一族冬菜くくるなり

西安へ梶高く上げ棉車

粛然と毅然と兵馬俑枯れぬ

兵馬俑群れ立てる外の枯れにけり

通訳の背へたはむれのゐのこづち

棉畠摘み終へ霜を待つばかり

もてなさる李白も飲みし濁酒

藁砧西安闇に没しけり

葡萄枯れ大雁塔の突つ立てり

大雁塔見ゆる限りを枯れ急ぐ

大雁塔足下の麦の芽生えけり

柿盛られ同文同種卓囲む

菊咲けり長征ここに憩ひしこと

長安に燈火親しむ唐詩選

麦蒔き終へ堆肥造りも道の辺に

秋夕日染むる渭水に別れけり

朔風抄（昭和五十七年）　第三回訪中団

（北京―杭州―上海）

柿干せる甍の上の故宮かな

冷えつのり天壇大き闇なせり

韃靼の朔風一夜北京澄む

長城に今舞ひ鷹の山別れ

椋鳥撒いて北京郊外もやひけり

跨虹橋に師とある如し白芙蓉

西冷橋に流す形代鬼やんま

魯迅像右肩下がり落葉舞ふ

帰り荷のジャンク腰高時雨けり

長江に流る新藁どこよりぞ

玄奘の道（昭和五十八年）　第四回訪中団

（北京―ウルムチ―トルファン―南山―天池―北京）

草は穂に天山雪を輝かせ

ナン焼きし熱の炎暑に残りけり

遠く深く来し朋の邦向日葵生ふ

オアシスに入るやなびきて棉の花

黍嵐楡の捩れの故城道

四十五度六分や雨も霧散かな

バザール灼け炮羊肉《カオヤンロー》の煙と香に

胡旋女の衣の紫に葡萄樹下

嫋々と胡笛こほろぎ呼びにけり

夜や秋のトルファンに聞く胡歌澄めり

カレーズに麦藁帽を映しけり
水絶えなば亡ぶオアシス砂棗
荷車の影に昼寝よ絹の道
ただ灼けて玄奘の道つづきけり
ゴビ灘にただよへる湖の蜃気楼

仏塔に十万億土夕焼けたり

李白生みし里へ花野の起伏かな

蒼茫と天山遠み薄荷刈る

ジョンガルより山越ゆる風罌粟の花

ゴビ灘に鼠の馳せて風死せり

驢馬に麦打たせ漢墓に一草なし

ゆりかごに包《パオ》の裾より秋の風

滝懸けて天山も一壺天なす

滝懸けて天山天に沖しけり

ウルムチといふ語ゆつたり夜の秋

天壇暮春（昭和六十一年）　戦友会による桃源郷を訪ねる会

（北京―琢県―易県―白羊淀―洛陽―西安―乾陵―北京）

天壇の暮春の瑠璃の強まれり

天壇の植込うづめ諸葛菜

長城の胸檣に揺れ鴉の巣

長城に虻遊ばする花杏

捨てられて清西陵に翁草

燕州に水涸れ飛燕まだ見ざり

石をもて緬羊追へり春の暮

手造りの胡弓を売れり春祭

鵜飼見し淀《てい》干上がりて初蛙

帝陵に曲水の壕二タ流れ

易水と別るるや背に春の雷

洛陽へ入らんとするに柳絮舞ふ

桐の花古都洛陽をおほひけり

白馬寺に三味線草の長けにけり

洛陽に王城残り紫の牡丹

豚出でて大路をよぎる春の雨

龍門に川蝦すくふ禿髪

西安へ山焼く煙の狼煙めく

邙山を下りくる唐子春夕焼

手を振りて唐子めく子等葱坊主

纏足の婆の手籠に仔猫かな

馬藺花《マリンホア》を咲かせ乾陵乾きをり

西安に白酒を酌むや春時雨

王羲之の碑を秘む碑林さへづれり

つちふるに唐三彩の馬俑買ふ

春曙（昭和六十二年）「濱」会員による中国の旅
（北京―西安―少林寺―鞏県―鄭州―蘇州―上海）

西域へ道のはじめを花菜畑

高楼に鶏鳴聞けり春曙

乾陵の裾の地隙に桃の里

乾陵の下の窰洞《ヤオトン》仔猫飼ふ

菜を摘むや詩経国風ありし地に

てんとむしだまし茂陵にこぼれけり

青年を五陵に見ざり春の風

茂陵荒れ唐子も見ざり苜蓿も

土饅頭つらね陵原霞みけり

春望の西安どこも迎春花

胡姫の裔鼓楼に見出づ紫荊

関帝廟花からたちの匂ひけり

嵩山の裾にて

夏后の世にありしままなる麦生かな

清明や紙銭なびかす子が先導

清明の野に人佇てり屈めるも

清明や老の跪拝のいくそたび

春塵に山羊追ふ杜甫の生れし地よ

杜甫輩に還らざりけり桐の花

清明や上河図おもひ宋陵に

江南の花菜に旅も終るかな

巴山夜雨（平成元年）　戦友会にて第二回桃源郷を訪ねる会

（北京―成都―成昆鉄道で―昆明―桂林―広州―上海）

長城にこたびは杏の花見かな

西花市《セイカチ》に人争へり春の暮

胡同《フートン》に毬なす柳絮追ひにけり

呉竹路《ソースーロ》柳絮の影と歩を運ぶ

朧濃き巴山の夜雨に泊つるかな

杜甫開けし草堂花径新樹の香

杜甫草堂一鳥去らず囀れり

昆明へ入るにそろへり松の芯

秋《シウ》木《イイ》花《ホワ》の下に竹煙のどけしや

竹筏鵜飼休みの鵜がとろり

羊蹄花南越王墓町中に

（注）羊蹄花は木綿花《もくめんか》ともいふ――夏の花

広州の黒南風に咲く木綿花

天山（平成二年）　第六回俳人協会訪中団シルクロードを訪ねる会　（北京―ウルムチ―イリ―セリム湖―トルファン―ウルムチ―上海）

會遊の地積《チイ》々《チイ》草の青野なす

マホルカ吸ふポプラ並木に散る色葉

西域の旅の起き抜け西瓜食ふ

李白の故郷《さと》望む岸辺に花薄荷

天いよいよ高し天山馬遊ぶ

長城を遥か天山馬肥ゆる

唐突にセリム湖の碧汗冷ゆる

トルファンの路地に丈なす滑莧

灼くる地を蹴飛ばして採る駱駝草

オアシスの端の一軒黍干せり

トルファンの夜店の雨に濡れにけり

涼風の白楊溝に紅柳《タマリスク》

トルファンの鶏鳴に覚むる外寝人

哈《は》密《み》瓜《うり》切るモハモード氏の刀さばき

崑崙の月（平成二年）

「濱」会員によるシルクロードの旅
（北京—ウルムチ—カシュガル—ホータン—カシュガル—ウルムチ—上海）

バザールの賑ひ桃の香にはじまる

邯鄲の闇のどこかに胡笛かな

香妃の墓詣り来し卓香り瓜

天高しラピス・ラズリの道目指す

葱嶺より朱ケを流して出水川

（注）葱嶺は崑崙山脈

オアシスの灌漑水路めなもみ生ふ

イスラムの形代を蹴る羽抜鶏

走り出て仏塔仰ぐ砂蜥蜴

崑崙の裾の灼くるに蜃気楼

風紋灼け流砂に音のなかりけり

砂蜥蜴掌にすれば子に親しまれ

礼拝《サラート》の一人の老いに鶺鴒すぐ

夜を踊るウイグルびとに月の庭

暁闇のタクラマカンを天の川

敦煌の旅（平成五年）「濱」の人たちと
（北京―蘭州―敦煌―西安―北京）

夜の黄河色変へぬ松浮き立たす

大水車黄土びたしに天高し

大水車ときに黄河の鰻上ぐ

鳴《めい》沙《さ》山《ざん》秋雲の尾のはてなかり

鳴沙山越えゆく風に色なかり
胡楊の葉秋風よりも冷たかり
敦煌の十字路どこも棗熟れ
影生れて秋思の相の鳴沙山
胡楊秋風街を貫く伏流水

五陵原モザイクなせる蓮田かな

漢俳との交流の旅　俳人協会訪中団（平成八年）
（北京―広州―虎鎮―澳門―香港）

広州に着きてすぐ買ふ巴旦杏

林則徐の大きな像に群れ蜻蛉

孫文の像ある病舎仏桑花

陶枕の残る孫文生家かな

布袋草打ち上ぐ珠江野分荒れ

野分あと遠くたむろす蛋民船

朝のラッシュ蒜匂ふ九龍駅

千里同風（平成九年）「濱」の人たちと

（上海―漢口・武昌―荊州―宣昌―三峡―小三峡―重慶）

緑立つ千手の飛宇の黄鶴楼

屈原の故郷奥に石楠花燃ゆ

三峡の湾処《わんど》のどかや漁り舟

長江の夜船の揺れに春愁湧く

苫舟の峡中夜泊田螺鳴く

梯田の畦咲き登る菫かな

（注）梯田は畦が梯である畑

千仞の谷底を牛耕せり

懸棺の覗く断崖雨つばめ

（注）懸棺は古代の風葬の名残りの棺

花菜照る石炭船に黒牛積む

（注）三峡は石炭採掘現場多し

白帝城彩雲のごと桐の花

長江の千紫万紅春夕焼

三峡すぎ千里同風花菜の香

驢馬に乗る子に長江の日永かな

長江の五里一湍の霞みけり

長江の搾菜《ザーサイ》干場陽炎へり

蜀（四川の旅）（平成十年）　「濱」の人たちと
（上海―西安―五丈原―漢中―綿陽―成都―重慶―上海）

蒙塵の道に唐黍簾垂る

楊貴妃の墓への道の桃吹けり

そぞろ寒白湯にて温む五丈原

五丈原孔明田の穭に穂

諸葛泉に大根洗ひて葉を散らす

千振引き五丈原越え帰る婆

天高し登るごと越ゆ蜀の道

蜀道難転落五台紅葉谿

秦嶺越え四川へ運ぶ唐辛子

西の方秦嶺ありて朱鷺の道

峨眉山より秦嶺高し鳥渡る

秦嶺の夜寒声なく越えにけり

寝待月夜襲の如く漢中へ

武侯祠に仲達のごと蝗飛ぶ

剣門関糸瓜を垂らしゐたりけり

たどり来し李白の里に破れ芭蕉

張飛植ゑし柏槙並木竹の春

拓本の老いし李白に破れ蓮

劉備玄徳着きし河原の柳散る

犛牛《ヤク》の毛のふさふさとして冬に入る

盛り上る犛牛の肩浮く秋の暮

都《と》江《こう》堰《えん》秋の出水に濁流なす

刈田黒し大《だい》足《そく》といふ鍛冶屋の町

南宋の磨崖仏派手蔦紅葉

蓑虫を食ひて画眉鳥声よかり

花楷樹を見る旅（平成十一年）「濱」の人たちと

（青島―淄博―曲阜―泰安―済南―北京）

殉馬坑おほふ麦生の畝そろふ

泰山の遠く霞むに腹空けり

孔子塚の背に亭亭と花楷樹

花楷樹孔子の子孫百万越ゆ

泰山の笑ふ時来て登りけり

孔子の墓へ何を曰《のたま》ふ花楷樹

空を黄に学問の木の花楷樹

胡沙舞へり梁山二ヶ所展望台

（注）梁山は梁山泊のあとで『水滸伝』の舞台である

梁山の黒《こく》風《ふう》口《ぐち》に囀れり

シャングリラ（雲南の旅）（平成十二年）「濱」の人たちと

（昆明―景洪―シーサンパンナ―大理―麗江―雲杉坪（玉龍雪山を眺める場所）―シャングリラ―昆明―桂林）

昆明に来ぬ松茸の最盛期

象泳ぐ秋の出水のメコン川

釈迦のみを拝む泰族バナナ垂る

天高しみな仰ぎ見る旅人木

稲稔る西双版納《シーサンパンナ》雀見ず

十六夜の洱海に船を浮かべけり

長征も峠の花野越えしならむ

ナシ族の院子《インズ》にみてり唐黍稲架

シャングリラ花野の松も古木なる

東巴《トンパ》文字の雅印の届く居待月

石林の千歯の如し鰯雲

おだやかな漓江下りに冬瓜汁

湍と湾織りなす漓江秋の風

水牛の藻を食む漓江秋旱

紅葉づれる桂林の山三百段

後記

昭和十五年暮に出征して翌十六年元旦の四方拝を北京の南の長辛店駅の丘の上で行ない、初めて中国の風景に接したのであった。昭和二十二年五月新憲法発布の記念日に、ナホトカより舞鶴に上陸して復員をした。本日は奇しくも五月三日である。私にとってシベリアの抑留生活は中国の延長にすぎない。中国との国交回復には三十年を要した。回復後最初に訪中団として行ったのは昭和五十五年の五月であった。それ以来今日まで中国の旅を十六回行なっている。北京、上海、広州など勿論であるが、新疆ウイグル自治区には三回、雲南のシーサンパンナにも足を伸ばし、長江第一湾のある麗江の東巴《トンパ》文字にも触れた。最も印象に残った旅は、昔の蜀の桟道沿いに四川へ入った旅である。李白の「蜀道難」の一節「蜀道之難難於上青天」の状態がいまなお続いていると言って過言ではない。一部高速道路が出来ていると言っても、土砂崩れで物の用には立っていない。中国の奥地の開発は十年はかかろう。「幔幔的《マンマンデ》」という言葉を若い時に聞いたが、その言葉は現在でも命脈を保っている。日本人の性急さはその言葉を相容れないが、中国の方々とつき合うにはその幔幔的を無視してはいけない。六十年という題を付したが、逆に読むと十六である。昭和五十五年五月に旅人として中国を訪れて以来、平成十二年の旅は十六回目である。といってもまだ、長江の中流の洞庭湖、鄱陽湖の周辺、陶淵明の帰去来の地、廬山・黄山などは訪ねていない。また福建省、韓愈の潮州、王翰の涼州・山西省、東北地区、蒙古には足を踏み入れていない。それを果すには、五～六回の旅を計画せねばならぬと思う。はたしてそれが可能かどうか、体力との勝負であろう。

平成十四年五月三日

松崎鉄之介

著者略歴

松崎鉄之介（まつざき・てつのすけ）

大正７年12月10日神奈川県横浜生れ。
俳句は旧制専門学校へ入学して入門、「馬醉木」に投句、加藤楸邨の紹介で大野林火に師事。「石楠」に入る。昭和17年現地詠により、石楠賞受賞。昭和22年５月シベリアより舞鶴に復員。「濱」に同人として参加。昭和57年８月大野林火逝去により「濱」を継承、主宰となる。第22回俳人協会賞受賞。平成５年より三期九年間、（社）俳人協会会長を勤める。現在顧問。

現住所
〒231−0823 横浜市中区本牧大里町７—10

発行　二〇〇二年九月二五日　初版発行
著者　松崎鉄之介 ©Tetunosuke Matuzaki
発行人　山岡喜美子
発行所　ふらんす堂
〒182-0002　東京都調布市仙川町一—九—六一—一〇二
TEL　(〇三) 三三二六—九〇六一　FAX　(〇三) 三三二六—六九一九
句集　中国六十年　ふらんす堂文庫
URL: http://www.ifnet.or.jp/~fragie　E-mail: fragie@apple.ifnet.or.jp
振替　〇〇一七〇—一—一八四一七三
装丁　君嶋真理子
印刷所　トーヨー社
製本所　並木製本
ISBN4-89402-509-4 C0092